BIDIK
YAK AİLESİNİN EN MİNİK ÜYESİ

ALTIN
KİTAPLAR

Bana daima inanan anneme
sevgilerimle - LF

Jane ve Helen'e kocaman
teşekkürlerimle! - KH

KİTABIN ORİJİNAL ADI THE LITTLEST YAK

YAYIN HAKLARI METİN © 2020 SARAH LOISE MACLEAN
RESİMLEYEN © 2020 KATE HINDLEY
PUBLISHED BY ARRANGEMENT WITH
SIMON & SCHUSTER UK LTD 1ST FLOOR,
222 GRAY'S INN ROAD, LONDON,
WC1X 8HB A CBS COMPANY
ALTIN KİTAPLAR YAYINEVİ VE TİCARET AŞ

BASKI ALTIN KİTAPLAR'DA
1. BASIM / HAZİRAN 2022 / İSTANBUL
Çin'de basılmıştır.

ISBN 978 - 975 - 21 - 2737 - 1

ALTIN KİTAPLAR YAYINEVİ
Gülbahar Mah. Altan Erbulak Sok. Maya Han Apt. No.: 14 Kat: 3 Şişli / İstanbul
Yayınevi Sertifika No.: 44011 • Tel: 0.212.446 38 86 pbx • Faks: 0.212.446 38 90
http://www.altinkitaplar.com.tr • info@altinkitaplar.com.tr

BIDIK
YAK AİLESİNİN EN MİNİK ÜYESİ

LU FRASER   KATE HINDLEY

Karlı dağların zirvesinde, buz gibi soğuk, uğultulu bir tepede, tatlı mı tatlı bir yak ailesi yaşıyordu.

Ailedeki yakların neredeyse hepsi kocaman boynuzları ve kabarık tüyleriyle dev gibiydi!
Biri hariç: Bıdık!

Bıdık ailenin en ama en minik üyesiydi.

Bıdık, minicikti ama kıvır kıvır kabarık tüyleri, aşırı gelişmiş yak becerileriyle diğer yaklardan hiçbir farkı yoktu.

Tıpkı diğerleri gibi, buzlarla kaplı en dik tepelere tırmanabiliyor...

Toynakları en kaygan
zeminlerde bile kaymıyordu.

Ama...

Yak ailesinin en minik üyesi olmak Bıdık'ın
canını birazcık sıkıyordu.

"Ben ne zaman büyüyeceğim? Ne zaman
sizin gibi olacağım? Boyum ne zaman sizinki
kadar olacak? Yüzünüzü görmek için her
defasında başımı yukarı kaldırmaktan çok sıkıldım.
Peki ya ne zaman boynuzlarım ve toynaklarım
sizinkiler gibi kocaman olacak?

Kocaman bir yak olsam her
şeyi ama her şeyi yapabilirdim
bence!"

"Bıdıkcığım". dedi Anne Yak gülümseyerek, "Etrafındaki yaklara bir bak, hiçbiri birbirine benzemiyor, öyle değil mi? Bazıları dev gibi, bazılarıysa daha küçük. Elbet bir gün sen de büyüyeceksin, ama şimdi küçüklüğünün tadını çıkarmaya ne dersin?"

Bıdık bütün gece yattığı yerde döndü durdu.
Gözüne bir türlü uyku girmiyordu.

Bir an önce büyümem lazım, diye düşündü,
Beklemek istemiyorum artık. Hemen bugün büyümeliyim.

Bıdık sabah uyanır uyanmaz, ayrıntılı bir Hızlı Büyüme Planı hazırladı ve hemen planını uygulamaya başladı.

Bir sürü sebze ve meyve yedi...

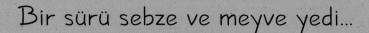

Egzersiz yaptı...

Dik yamaçlardan kaydı...

Kuşlarla birlikte ip bile atladı.

Sadece vücudunun büyümesi yetmezdi. Aynı zamanda yetişkin bir yak gibi düşünebilmeli ve onlar kadar bilgili olmalıydı.

Bıdık, Hızlı Büyüme Planı'nı sabırla uyguladı. Günler günleri kovaladı ama Bıdık'ın boyu bir karış bile uzamamıştı.

"Ya hep böyle küçük kalırsam?"
dedi içini çeke çeke.

Gözünden bir damla yaş aktı,
Bıdık'ın minik yanaklarından
süzülüp kara düştü.

O sırada... Bir anda büyük bir gürültü koptu.
Bıdık, "Ne oluyor?" demeye kalmadan...

Onlarca yakın panik içinde kendisine doğru koştuğunu gördü.
Koşanların en önünde kar gibi bembeyaz tüyleriyle
Anne Yak vardı.

"Bıdıııık!" diye seslendi
Anne Yak endişeyle, "En
dik uçurumun kıyısında
komşu yak ailesinden
biri mahsur kalmış!
Kayalıkların en dar
köşesinde sıkışmış!"

"Zavallı yakı kurtarmalıyız..." dedi yaklardan biri.

"Ama bizim toynaklarımız çok büyük! Boynuzlarımız ise kocaman!" diye devam etti diğeri, "Zavallı yakın sıkıştığı daracık yere asla giremeyiz. Bunun için çok büyük ve ağırız."

"Ama sen." dediler hep bir ağızdan, "Bıdıkların bıdığı, ailenin en minnağı! Zavallı yakın sıkışıp kaldığı yere bir tek sen sığabilirsin. Onu oradan sadece sen kurtarabilirsin!"

"Nasıl yani?" dedi Bıdık şaşkınlıkla.

"Yani... sizin... şimdi... bana...
küçük olduğum için... ihtiyacınız mı var?

Bıdık hemen yakın mahsur kaldığı
uçuruma doğru yola koyuldu.

Kaybedecek zaman yoktu. Buzlarla
kaplı kayalıkların üzerinden teker teker
atladı...

Dönemeçli dağ yolunu
hızla tırmandı...

Ve zavallı yakın mahsur kaldığı
yere ulaştığında Bıdık gözlerine
inanamadı.

"Ama ama ama..." dedi şaşkınlıkla, "Sen şimdiye kadar gördüğüm en minnak, en ufak tefek, en tini mini yaksın!"

"Sadece birazcık oyun oynamak istemiştim." dedi mini mini
yak, "Ama toynaklarımla yeri tam kavrayamıyorum, ayağım
kaydı ve buraya düştüm."

"Ben sana buz üstünde kaymadan koşmayı öğretirim istersen." dedi
Bıdık neşeyle, "Ama önce diğer yakların yanına gitmemiz lazım.
Herkes senin için çok endişelendi."

"Haydi şimdi sıkıca bana
tutun, gerisini hiç düşünme!"
dedi Bıdık ve...
Dağın yamacından son hız
inmeye başladılar. Fiyuuuuv!

Yaklar, Bıdık ve mini mini yakı coşkuyla karşıladılar.
"Bravo Bıdık! Başardın!"

"Sen olmasaydın mini mini yakı kimse kurtaramazdı!"

O gece, Anne Yak, Bıdık'a kocaman sarıldı.

"Gördün mü sevgili Bıdık, kocaman yakların
asla yapamayacağı, yalnızca minik yakların
yapabileceği şeyler de varmış, değil mi?
Göz açıp kapayıncaya kadar büyüyeceksin
elbette ama...

Şunu sakın unutma benim tatlı Bıdık'ım. Kimimiz uzunuz, kimimiz kısa. Kimi yaklar kocaman, kimiyse minicik. Önemli olan diğerleri gibi olmak değil, kendimiz olmak!"

Küçük olmak, diye düşündü Bıdık, gece
Ay'ı ve yıldızları izlerken. Hımm... Aslında
hiç de kötü bir şey değil...